par Willemain d'Abancourt

LETTRE
DE NARWAL
A
WILLIAMS, SON AMI.

Poft cineres virtus veneranda beatos
Efficit . . . .

A PARIS,

Chez HARDOUIN, Libraire, fous le
Paffage de la Colonnade du Louvre,
au Génie de la Poéfie.

M. DCC. LXXIV.
Avec Approbation.

A MES AMIS.

C'EST à vous, fidèles Amis,
Que j'offre ce petit ouvrage:
Puisque vous en faites le prix,
Vous en devez avoir l'hommage.

L. P. F. D. V.

W... D'A**

AVERTISSEMENT
DE L'AUTEUR.

C'EST sans doute une témérité bien grande de hazarder une Héroïde après les Lettres estimables de Barnevelt, Zéïla & du Comte de Comminges : j'en conviens ; mais aussi qui peut se refuser au besoin d'écrire ? Voilà mon excuse.

SI l'ouvrage que j'offre au Public peut obtenir son suffrage , je me tiendrai trop récompensé de mon travail ; si au contraire il ne lui plaît pas, il conviendra du moins avec moi qu'il ne peut l'ennuyer longtemps , vû sa briéveté.

A ij

JE n'ai rien à dire du Sujet, il eſt purement inventé : il m'étoit libre d'en choiſir un dans l'hiſtoire, ou tout autre part; mais j'ai mieux aimé en être l'inventeur, afin de n'être point gêné dans la façon de le traiter. Je conviens que cette Héroïde auroit acquis dans les mains d'un habile Auteur plus de luſtre que dans les miennes ; mais ce n'eſt pas la premiere fois qu'un diamant de prix s'eſt vu tailler par un apprentif. Quoiqu'il en ſoit , j'ai fait tous mes efforts pour lui donner la force & l'énergie dont elle eſt ſuſceptible : ſelon l'accueil qu'on lui fera, je me déterminerai, ou à en donner quelques autres encore, ou à abandonner une carrière qui ne ſera pas faite pour moi.

LETTRE

DE NARWAL

A

WILLIAMS, SON AMI.

De l'horrible prison où je suis détenu,
Où, trop injustement contre moi prévenu,
L'impérieux Wolmar, malgré mon innocence,
M'accable de malheurs, & poursuit sa vengeance,
Puisse ce triste écrit passer jusques à toi !
C'est le dernier, hélas ! que tu tiendras de moi.

Que la vie est sujette à de vicissitudes !
Que nos jours sont tissus de soins, d'inquiétudes !
On doit toujours s'attendre à des revers affreux ;
Le sort de tous Mortel est d'être malheureux.

Tu crois, mon cher Williams, qu'au fein de l'An-
    gleterre,
Content de ma fortune, & du bien de mon père,
Je jouis d'un bonheur à peu d'hommes connu,
De ce bonheur parfait que donne la vertu.
Eh bien, apprends mon fort : victime infortunée,
Je traîne avec horreur ma trifte deftinée ;
Le trépas eft le but où tendent mes fouhaits....
J'habite, ah, malheureux ! l'afyle des forfaits,
Endroit où l'innocence & foible & méconnue
Avec les fcélérats eft fouvent confondue.

COMMENT, ami, comment te ferai-je un récit
Que l'horreur accompagne, & dont mon cœur frémit ?
Pourrai-je bien, hélas ! dans le trait qui m'accable,
Retracer à tes yeux cette image effroyable,
Te conduire avec moi fur le bord du tombeau ?
Pourrai-je... oui... de l'horreur je prendrai le pinceau ?
Suis-moi dans les forfaits que je vais te décrire...
Mon fort eft trop affreux, de tout il faut t'inftruire.

C'est soulager ses maux que de les épancher
Dans le sein d'un ami qu'ils ont droit de toucher.

Tu sçais, mon cher Williams, tu sçais si j'étois père :
Tu sçais si de mon fils la tête m'étoit chère ;
Tu sçais combien j'aimois... ô regrets superflus !..
Le seul Fils que le Ciel... ç'en est fait .. il n'est plus...
Ce Wolmar, autrefois l'appui de ma famille,
Ce Wolmar, dont mon Fils idolâtroit la Fille,
Par un vil intérêt tout-à-coup entraîné,
Williams a fait périr ce Fils infortuné.
Qui l'eût cru, que Wolmar, devenant méprisable,
Seroit de mon tourment l'artisan détestable ?
Que sert... mais il te faut décrire mes malheurs.
Puisse mon ennemi verser sur moi des pleurs !
Ah ! puisse-t-il, touché d'un repentir sincère,
Quoiqu'auteur de sa mort, plaindre un malheureux Père !
Qu'il jette sur mon sort un œil compatissant,
Je ne me plaindrai point, & je mourrai content.

AMI, quand tu quittas le féjour de tes Pères,
Pour aller habiter des terres étrangères;
Quand tu te féparas pour jamais d'un ami,
Contre les coups du fort point affez affermi,
S'il t'en fouvient, tu fçus qu'une haine terrible
Divifoit nos Maifons, & nous étoit nuifible :
Tu connus le motif de ce reffentiment (*)
Que conferva Wolmar jufqu'au dernier moment...
Ciel!... après ton départ, j'en devins la victime:
L'ennemi de mes jours a confommé fon crime ;
Rien n'a pu l'arrêter. J'ai prévu mon malheur,
Et n'ai pu m'arracher à fa noire fureur.
Pour punir les humains Dieu fe fert des coupables!
Il lance par eux feuls fes traits inévitables !...
Mais que viens-je de dire ? eft-ce à moi, malheureux,
A regretter mes jours, & me plaindre des Cieux ?

_____

(*) *J'ai cru qu'il étoit inutile de rapporter ici le
fujet de la haine de* Wolmar, *d'autant plus qu'il eft
aifé d'en fubftituer un, tel que le gain d'un Procès ou
autre chofe femblable, fources intariffables de divifions.*

Eft-ce

Eſt-ce à l'homme à régler la ſuprême prudence
D'un Dieu qui tient en main l'équitable balance ?

IL eſt temps de te dire, (eh ! le pourrai-je, hélas !)
Le malheur qui me donne aujourd'hui le trépas !
Mon Fils, que tu connus, dont l'ardente jeuneſſe
Etoit le ſeul ſoutien de ma foible vieilleſſe ;
Mon Fils, triſte jouet des fureurs d'un cruel...
Mon Fils....Williams, pardonne à l'amour paternel;
Pardonne, tu le dois, à ma douleur amère:
Le ſouvenir l'augmente... & ... grand Dieu ! je ſuis père.

AUPRÈS de ma maiſon s'élève un bois épais,
Où le fer deſtructeur ne pénétra jamais :
Là, ne ſe doutant point du coup qui le menace,
Mon Fils tranquillement s'occupoit à la chaſſe.
Wolmar, dont la fureur ne pouvoit s'appaiſer,
A tel prix que ce fût cherchoit à m'écraſer.
Depuis longtems ce traître épioit l'avantage
De ſurprendre mon Fils ; il craignoit le courage

B

De celui qu'il vouloit attaquer lâchement,
Et, pour s'en rendre maître, il cherchoit le moment:
Séparé des chasseurs, dans une route obscure,
Mon Fils, se promenant, contemploit la Nature.
Wolmar le voit, l'attaque, &, le perçant de coups,
S'applaudit en secret, & brave mon courroux;
Puis s'éloigne à grands pas de cette affreuse Scène,
Et va chercher des gens prêts à servir sa haine.

LIBRE alors des devoirs de mon paisible état,
Et, loin de soupçonner un pareil attentat,
J'allois joindre mon fils.... lorsque sur la poussière,
Un malheureux... mourant... quel abord pour un père!
Je vois mon fils défait, & baigné dans le sang
Qui rougissoit la terre, & sortoit de son flanc...
Je vole à son secours, & d'une main tremblante
Je tâche d'étancher ce sang qui m'épouvante:
Je baigne de mes pleurs cet infortuné fils,
Et je rappelle au jour ses sens anéantis.
Ouvrant alors à peine une foible paupière
Que l'indomptable mort fermoit à la lumière,

D'une voix défaillante il m'adreſſe ces mots :

» O mon Père, un cruel vient de combler tes maux ;

» Jexpire ſa victime ; une main ennemie...

» Nous ſépare tous deux... & m'arrache la vie....

» Wolmar... adieu... je meurs »... il ne put achever ;

Et juſques dans mes bras la mort vint l'enlever.

» O mon Fils, m'écriai-je en ma douleur extrême,

» Mon Fils, toi que j'aimois cent fois plus que moi

   » même,

» Faut-il qu'un furieux... En prononçant ces mots,

Souvent interrompus par mes pleurs, mes ſanglots,

Je m'élance deſſus.... Mais Wolmar qui m'arrête

Me fait voir auſſitôt les fers que l'on m'apprête,

De ſes ordres cruels les Miniſtres affreux

Me ſéparent bientôt d'un fils trop malheureux.

On m'entraîne à la Ville, où ſous un front ſévère

Le perfide Wolmar voile ſon caractère :

Quelle horreur ! cher Williams, tu ne croiras jamais

Sa baſſe trahiſon & ſes cruels forfaits !

Ce traître de la foule enléve le ſuffrage,

Et ſans aucun remords conſomme ſon ouvrage.

Dieu ! non content encor de ces traits inouis,

Il m'accuse d'avoir affassiné mon Fils ;

Et , de deux faux témoins appuyant l'imposture ;

Fait un rapport affreux dont frémit la Nature :

Son cœur est satisfait , il vient de m'accabler.

A ce Peuple crédule en vain je veux parler.

En vain à cette ardeur qu'inspire la vengeance ;

Je prétends opposer ma tranquille innocence ,

Il ne m'écoute point : aveuglé par l'erreur ,

Il croit les faux rapports de ce vil délateur.

On me charge de fers ; on me traite en coupable ;

Des plus horribles maux tout le monde m'accable ;

Ce même Peuple , avant mon foutien, mon appui ,

Se déclare auffitôt mon plus grand ennemi ;

Et , ne voyant en moi qu'un affassin perfide ,

Un Monstre redoutable , un Mortel homicide ,

Demande mon trépas à Wolmar furieux ,

Tant l'erreur qui le guide a fasciné ses yeux !

WOLMAR , cruel Wolmar , cœur dur , cœur impla-

      cable !

Voilà le triste effet de ta fureur coupable !

Après cet attentat tu dois être content ;
Ma vie est en tes mains ; de toi mon sort dépend :
Ne ménages plus rien ; fais périr ta victime ;
Accumules mes maux, & mets crime sur crime :
Mais souviens-toi toujours qu'il est un Dieu puissant
Qui punit le coupable, & venge l'innocent.

Tu connois maintenant ma triste destinée.
Mon cher Williams, est-elle assez infortunée !
J'endure chaque jour les plus cruels tourmens,
Et n'attends que la mort de momens en momens :
Persécuté, trahi, mon destin est horrible.
J'ai pour toute demeure une prison terrible :
Le Soleil, écarté par ses murs odieux,
En redouble l'horreur, & la peint encor mieux :
Une lampe funèbre éclaire ces lieux sombres,
Où mon œil égaré n'apperçoit que des ombres :
Ces murailles, ces fers, ce silence frappant
Retracent à mes yeux un spectacle effrayant :
Tout m'entretient ici de l'horreur du supplice :
Wolmar a du pouvoir, il faut que je périsse.

Je ne regrette plus des jours remplis d'horreur :

Témoins de ma vertu, j'ai le Ciel & mon cœur ;

Je ne plains que lui seul qui survit à son crime,

Et qui peut-être un jour en sera la victime :

Puisse-t-il échapper au sort des malheureux !

Malgré tous ses forfaits, puisse-t-il être heureux ! . .

Mais que dis-je ? . . . sans cesse accablant l'innocence ,

Immolant tous les droits au droit de la vengeance,

Se faisant un honneur d'ensanglanter ses mains,

Voyant avec plaisir les malheurs des humains ,

Pourroit-il être heureux ! pourroit-il sans contrainte

Jouir d'un bonheur pur & point mêlé de crainte ? . . ↩

Non . . . les pâles remords que précédent les maux . . .

Mais quel bruit ! . . . Ciel ! qu'entens-je ? . . , on ou-

vre ces cachots . . .

Devant mon Juge, ami, je m'en vais comparoître,

Et vais être jugé, sans mériter de l'être.

Dans ce terrible instant, grand Dieu, soutiens mon

cœur . . . .

Mais qui peut m'inspirer cette indigne terreur ?

L'équitable vertu tient ici la balance :

On pésera mes droits ; ah ! j'ai quelqu'espérance,

Narwal interrompt ici sa Lettre , & va paroître
devant ses Juges ; après être revenu , il poursuit
de la sorte.

C'EN est fait , cher ami , je me vois condamné ;
Avec le fer des loix je suis assassiné.
L'innocence est vaincue , & la vertu punie :
Victime de Wolmar , je vais perdre la vie ;
L'injustice a dicté cet arrêt foudroyant
Qui condamne à la mort un Mortel innocent.
Vertu , stérile nom , dans le siécle où nous sommes,
De quelle utilité peux-tu donc être aux hommes ?
Si le plus innocent est le plus malheureux ,
Que sert-il ici bas de vivre vertueux ?
Que sert-il ... ô mon Dieu ! pardonne ce murmure ;
L'homme est foible , pardonne à sa foible nature :
D'une mort douloureuse éloigne-moi l'horreur ;
Rassure mon esprit , & raffermis mon cœur :
Contre tous les tourmens soutiens mon espérance ;
J'obéis aux décrets de ta toute-puissance :
Tu sçais par l'infortune éprouver les humains ,
Et rends digne de toi l'ouvrage de tes mains.

Toi, Williams, dont les jours s'écoulent sans orage,
Reçois les derniers pleurs d'un ami qu'on outrage :
Toujours d'un Dieu puissant éprouves les bontés ;
Sois comblé de bienfaits & de prospérités !
Ne pleures point ma mort ; elle est digne d'envie :
Mon âme libre enfin des liens de la vie
Va jouir dans le sein de la Divinité
Du précieux bienfait de l'immortalité.

FIN.

Lu & approuvé, à Paris ce 13 Mai 1765.
ALBARET.